Die Sprache der Schmetterlinge

AF284589

Die Sprache
der Schmetterlinge

Erzählungen

Herausgegeben von
Alexander Reck

Mit einem Vorwort von
Michael Stavarič

Stuttgart 2020

Bibliografische Information der Deutschen
Nationalbibliothek Die Deutsche Nationalbibliothek
verzeichnet diese Publikation in der Deutschen
Nationalbibliografie; detaillierte bibliografische Daten
sind im Internet über http://dnb.d-nb.de abrufbar.

Originalausgabe September 2020

Umschlaggestaltung:
We & Me Design Studio, Stuttgart

Herstellung und Verlag:
BoD – Books on Demand, Norderstedt

ISBN 978-3-7519-9586-3

Inhalt

Vorwort

Der tschechoslowakische Dichter und einziger Literaturnobelpreisträger dieser heutigen Länder, Jaroslav Seifert, notierte in seiner autobiographischen Betrachtung *Alle Schönheit dieser Welt* einen mir immer wieder in den Sinn kommenden Vers: »Die Suche nach (schönen) Worten ist besser als Töten und Morden.« Ich wollte mich vermutlich schon immer auf diese Suche begeben, seit ich denken kann, denn einer Sache war ich mir durchaus bewusst: Das Wort bildet nicht nur, es bindet auch, all die monomanische Destruktion lässt sich in etwas Friedfertiges, Nachdenkliches und Konstruktives verwandeln.

Ich habe heute das Glück, regelmäßig mit Schülerinnen und Schülern im Rahmen von Schreibwerkstätten arbeiten zu können, wo es letztendlich stets darum geht, ein Plädoyer für Fantasie, Kreativität und Imagination vorzutragen. Wenn ich im Anschluss sehe, mit welcher Lust und Freude sich Schülerinnen und Schüler an eigene Texte setzen, vorgegebene Aufgaben lösen und man schlussendlich in einen Dialog tritt, dann weiß ich, es war alle Mühe wert. Sprache ist etwas Identitätsstiftendes, sie ist etwas zutiefst Kreatives, man kann sie für sich adaptieren, bearbeiten, formen und nicht zuletzt neu schöpfen. Auch deshalb erläutere ich den Teilnehmern meiner Workshops immer wieder diverse Grundzüge der dichterischen Auseinandersetzung mit Sprache; Wortherkunft und Wortneuschöpfung, Metaphern und Intonation sind dabei unerlässlich.

Am Gymnasium in Plochingen erzählte ich den Schülerinnen und Schülern damals eine Geschichte, wie das Wort »Schmetterling« im Deutschen entstanden ist – und dass es eng mit dem englischen Ausdruck »butterfly« verwandt ist. Ich hätte nicht zu träumen gewagt, dass daraus viel später ein neues Schreibprojekt erwächst, das die Schülerinnen und Schüler selbständig mit ihrem Lehrer Alexander Reck in Angriff nehmen. Ich denke, letztendlich gibt es für einen Schriftsteller keine schönere Wendung und ich hoffe natürlich sehr, dass diejenigen Schülerinnen und Schüler, die nunmehr »Schmetterlingsgeschichten« verfasst und interpretiert haben, auch darüber hinaus weiter schreiben werden. Denn: Möge das Schreiben und die Auseinandersetzung mit Sprache zu einer Selbstverständlichkeit in ihrem Leben werden; und wer weiß, vielleicht lese ich irgendwann einen ganzen Roman, der einst in einem Workshop in Plochingen seinen Anfang nahm.

Ich glaube nämlich zutiefst daran, dass sich ein jeder von uns auf eine Reise begeben muss, um später anderen davon zu erzählen; nicht ausschließlich darüber, was man gesehen und gespürt, vielmehr auch davon, wie es einen verändert und transformiert hat. Jedes Mal, wenn man ein Buch zur Hand nimmt, begibt man sich schließlich auch auf eine Reise, denn das Unterwegssein ist eben nicht nur physischer Natur. Und ganz egal wie banal und abgehalftert es auch klingen mag: Das Leben ist eine Reise, der Weg ist das Ziel, und die Fantasie ist wichtiger als jedes Wissen …

Michael Stavarič

Asmara Hahn

Zitronenfalter

11.10.2000

Die laue Herbstluft spielt mit meinem schmutzigen Haar und tollt ausgelassen um mich herum. Ich nehme sie nicht wahr. Die Leere in mir lässt es nicht zu, schottet mich von allem ab. Die tiefstehende Sonne blendet mich, als ich den Kopf hebe. Ich widerstehe dem Drang zu blinzeln und löse mich in dem warmen Licht auf.

Ein einzelner Zitronenfalter fliegt durch den roten Schein. Bei seinem Anblick bohrt sich ein langer Dolch in mein Herz und dreht sich einmal gewaltsam um sich selbst, zerfetzt mich. Ein gequälter Schrei verlässt meinen Mund. Ich lasse mich auf den Rücken fallen, lasse mich von dem hohen Gras verschlingen und kauere mich schluchzend zusammen. Über mir fängt eine Amsel den Zitronenfalter. Das kleine Herz schlägt noch ein paarmal panisch, dann stockt es und verstummt schließlich ganz, verschlungen im Magen des Vogels. Die Amsel kehrt um und verschwindet im Licht der untergehenden Sonne.

Sie war wie dieser Schmetterling gewesen.

Verspielt – frei – zart – anmutig und wunderschön, doch vor allem leichtsinnig und naiv, zu glauben, das Leben könne ihr nichts anhaben. Ich presse meine Faust auf die schmerzende Brust. Mein eigenes Herz pocht kraftvoll gegen meine Hand und ich schreie erneut.

Es sollte nicht mehr schlagen!

Es sollte mich nicht mehr schreiend, brennend am Leben erhalten!

Es sollte ebenso stumm und kalt sein wie das ihre.

Wie paralysiert starre ich die roten Wolken über mir an. Meine Brust hebt und senkt sich hektisch, während ich mich von meinem Anfall erhole. Sie sind häufiger geworden in der letzten Woche. Ich habe inzwischen fast alle drei Stunden einen. Sie meinten, es würde besser werden, doch es schien, als würde vielmehr das Gegenteil eintreten. In zwei Wochen würde ich vermutlich nichts anderes mehr tun, als weinend und schreiend in einer Ecke zu kauern. Die Woche darauf würde ich wohl tot sein. Seit dem Vorfall habe ich viel Zeit darauf verwendet, mir meine eigene Flucht in die Dunkelheit auszumalen. Es braucht nicht viel, ein paar Meter zu tief, ein paar Milligramm zu hoch, ein paar Sekunden zu viel. Doch noch hatte ich zu viel Hoffnung, in einem Traum gefangen zu sein, um auch nur irgendetwas zu unternehmen, als darauf zu warten, endlich aufzuwachen.

Ich weiß, wie mein noch verbleibendes Leben aussehen wird, war ich doch selbst noch bis vor kurzem Psychiater gewesen und hatte versucht Menschen zu therapieren, die dasselbe durchgemacht hatten wie ich es nun tue. Wie hatte ich nur glauben können, dass das auch nur ansatzweise möglich wäre. Menschen wie ich sind wie die Titanic. Wir wurden einmal von unten nach oben aufgeschlitzt und sinken jede Minute tiefer, es beginnt langsam und endet schnell. Wir können nicht gerettet werden. Und werden wir es doch, so leben wir zwar nach außen, unser Inneres jedoch ist tot, vergeht langsam, frisst uns von innen heraus auf bis auch der schöne Schein verblasst und das moderne Gerippe zu Tage tritt.

Ein Kauz schreit über mir und ich fühle, wie es kalt wird, als die letzten Sonnenstrahlen hinter den Baumwipfeln verschwinden. Langsam trotte ich zurück zu dem großen Gebäude und lasse den verwildernden Park hinter mir.

Die Krankenschwester, die mich die ganze Zeit über begleitet hat, überprüft meine Zwangsjacke und öffnet kurz darauf das Eingangstor für mich. Wir laufen den Flur entlang zu meiner Zelle, sie hält mir die Türe auf, mustert mich ein letztes Mal besorgt und schließt dann die Türe hinter mir. Sie ist eine hübsche Frau, ich frage mich, was sie dazu veranlasst hat, hier zu arbeiten. Mein Verstand ist klar, ich begreife noch nicht, warum ich hier bin und in einer Weichzelle sitzen muss.

Glauben sie ernsthaft, mich damit kurieren zu können? Damit das Leck flicken zu können?

Ich sitze im Schneidersitz und starre die Türe an. Ich werde weder schlafen noch mich bewegen können, bis die Sonne wieder aufgeht. Die letzten zwei Wochen haben mich einiges darüber gelehrt, was der menschliche Körper aushalten kann. Ich habe seit ihrem Sprung weder geschlafen noch die wenige Nahrung bei mir behalten können. Denn kann ich mich einmal dazu überreden etwas zu essen, so sitze ich spätestens eine halbe Stunde später zitternd in einer Ecke und erbreche alles wieder.

Ich versuche, mich an ihren Geruch zu erinnern. Ihre dunklen Locken dufteten stets nach Pfirsich.

Doch wie roch ein Pfirsich?

So wie ihr Haar.

Eine einzelne Träne rollt über meine Wange. Ich weiß, sie hätte gewollt, dass ich stark bleibe und für sie weiterlebe. Aber wie soll ich das können? Mein Inneres schreit nach ihr, krümmt sich vor Qualen und jeden Tag, an dem ich sie nicht spüren kann, verkümmert meine kleine Lebenspflanze mehr und mehr. Der zarte Schmetterling, der sie stets umsorgt und liebkost hat, ist fort. Ich hatte versucht ihr Nektar zu sein, doch ich hatte versagt, war nicht genug gewesen.

Berührt man die Flügel eines Schmetterlings, so beschädigt man sie, er kommt aus dem Gleichgewicht und kann nicht mehr fliegen.

Sie berührten ihre Flügel nicht nur, sie schlugen ihre Klauen hinein und zerfetzten sie. Dennoch hatte sie versucht erneut zu fliegen. Und stürzte ab.

Sie fiel tief.

Sehr tief.

Ich hatte versucht, sie aufzufangen, doch sie war mir durch die Finger geronnen wie der Sand durch ein Uhrglas. Und nur einen Monat nach dem Vorfall hatte sie die Überreste ihrer Flügel gespreizt und war mit dem Sturm geflogen. Hatte sich mitreißen lassen, ohne Aussicht auf Wiederkehr.

14.10.2000

Das leere Blatt auf dem Tisch vor mir starrt mich vorwurfsvoll an. Ich soll malen, was mir als erstes in den Sinn kommt. Doch mein Kopf ist leer. Ich nehme den Pinsel in die Hand und rolle ihn ein paar Mal zwischen den Fingern. Wie in Trance wälze ich ihn in einer der Farben und verharre mit der Pinselspitze knapp über dem Papier. Ich setzte sie ab und meine Hand folgt dem Pinsel über das Papier. Meine Bewegungen werden immer hektischer und in meiner Brust krampft sich mein Herz schmerzhaft zusammen. Ich hebe den Pinsel vom Papier und betrachte mein Kunstwerk.

Ich habe einen Schmetterling gemalt, einen Zitronenfalter.

Das helle Gelb ist ungleichmäßig auf dem weißen Papier verteilt und es sieht aus, als hätte er Löcher in den Flügeln. Ich wasche den Pinsel aus und ziehe ihn durch die schwarze Farbe. Zärtlich streiche ich mit den Borsten über das Papier und schenke dem Schmetterling einen Körper, einen Kopf und Fühler.

Eine einzelne Träne tropft auf das aufgeweichte Papier und die gelben Pigmente fliehen vor dem Wasser.

Ich sehe, wie der Zitronenfalter seine Flügel hebt und das Papier verlässt. Er sitzt da, wackelt mit den Fühlern und sieht mich an.

Ihre Augen sehen mich an.

Die Krankenschwester hinter mir räuspert sich und ich fahre herum. Erschrocken sieht sie mich an. Soll ich es zu den anderen hängen? Fragen ihre Augen und blicken in Richtung meiner kleinen Galerie. Ich ignoriere sie und schaue zurück auf das Blatt, um nach dem Schmetterling zu sehen. Doch er ist weg. Alles was übrig ist, ist die Farbe auf dem Papier. Mit zitternden Händen fahre ich über die Zeichnung und verwische dabei die nasse Farbe. Ich suche nach der weichen Kante der Flügel, der Erhebung des Körpers, dem zarten Kitzeln der Fühler.

Nichts.

Fassungslos starre ich das Papier an. Ich bin mir sicher, dass er da war.

Sie hat ihn verscheucht!

Meine Hände ballen sich zu Fäusten und ich zittere vor Wut und Enttäuschung. Wut auf diese Frau. Ich will meine Hände fest um ihren dünnen Hals legen und zudrücken, will sie leiden sehen für das, was sie angerichtet hat!

Doch ich zügle mich. Es gilt, den richtigen Moment abzuwarten. Also nicke ich und reiche ihr das Bild. Sie dreht sich um und will das Bild mit einem Magnet an die Wand hängen, da schließe ich auch schon meine Hände um ihren dünnen Hals und drücke zu.

Du hast ihn verscheucht. Du hast SIE verscheucht. Du hast ihr Angst gemacht, da ist sie zurück ins Papier gegangen. Du warst das. Dafür bezahlst du jetzt!

Die Gedanken rasen durch meinen Kopf, doch kein Wort kommt über meine Lippen. Meine Fingernägel graben sich tief unter ihre Haut, Blut rinnt über meine Hände.

Sie gibt ein Röcheln von sich, Tränen der Wut laufen mir über die Wangen. Gleich bin ich so weit. Noch ein paar Herzschläge, dann kommt der letzte.

Starke Hände greifen mich an den Schultern und reißen mich zu Boden. Ich will mich aufrappeln, doch ein unglaubliches Gewicht lastet auf meiner Brust und nagelt mich auf dem Boden fest. Ich kann nichts mehr sehen, jemand hält mir die Augen zu.

Stimmen murmeln, werden lauter, dann wieder leiser. Plötzlich ist das Gewicht verschwunden und ich kann wieder frei atmen. Dann verschwindet die Hand von meinem Gesicht und ich blinzle in das weiße Licht einer Deckenleuchte. Zwei Männer, die ich nicht sehen kann, greifen mich an den Oberarmen und ziehen mich hoch. Ich wehre mich nicht, sondern starre nur hasserfüllt in Richtung der Krankenschwester. Sie weint und betastet ihren Hals. Zwei gerötete Handabdrücke zieren die weiße Haut.

Sie sollte tot sein!

Sie alle hier sollten tot sein!

17.10.2000

Die Schlange bewegt sich schleppend. Wie Sklaven trotten wir hintereinander her zur Essensausgabe. Stumme Tränen erkämpfen sich ihren Weg über meine Wangen, ich fühle nichts, das Wasser läuft einfach aus meinen Augen und tropft auf den rauen Stoff meiner Uniform. Hinter mir steht, mit freundlichem Lächeln, meine neue Krankenschwester.

Mit gesenktem Kopf trotte ich weiter. Ich bin mir nicht sicher, ob es eine Sinnestäuschung ist, doch ich meine, einen Zitronenfalter durch das Licht einer der Deckenlampen schweben zu sehen. Das Licht lässt die gelben Flügel aufleuchten, dann ist er im

Dunkel hinter dem Lichtkegel verschwunden. Hinter mir zischt die Krankenschwester. Ich bin stehen geblieben und jetzt ist zwischen mir und meinem Vordermann eine Lücke. Hastig schließe ich auf. Zu hastig. Ich stolpere über meine eigenen Füße und stürze auf den Boden, welcher in einem Schwarm aus gelben Schmetterlingen explodiert. Die Welt um mich herum verschwindet und ich werde eins mit dem Schwarm. Ich spüre den Luftstoß ihrer Flügel auf meiner Haut, ihre filigranen Körper, die Zirkulation ihres Blutes, die kleinen Energiewellen, welche von Nerv zu Nerv springen, ihre Gedanken. Ich löse mich auf, werde ein Teil von ihnen, fliege mit ihnen davon. Bin warm und geborgen im Zentrum des Schutzmantels, den sie bilden. Und mit einem Mal fügen sich alle Eindrücke zu einem Bild zusammen.

Ihre weichen Locken verdecken ihr Gesicht. Ich strecke meine Hände nach ihr aus, will sie fassen, will ihr Gesicht sehen. Bevor ich sie erreiche, bläst ihr ein Windhauch das Haar aus dem Gesicht. Mein Atem stockt, sie sieht aus, wie ich sie in Erinnerung habe. Die sanft geschwungenen Lippen bilden das bittersüße Lächeln. Sie öffnet ihren Mund, als wolle sie etwas sagen, doch statt ihrer Stimme sickert ein kleines Rinnsal schwarzen Blutes aus ihrem Mundwinkel.

Angst greift nach meinem Herzen und ich starre sie an.

Ein Paar schwarzer Fühler taucht hinter ihren Lippen auf, dann klettert langsam, lauernd eine große schwarze Motte auf ihre Unterlippe. Der Chitinpanzer glänzt ölig in dem schwachen Licht. Die Motte entfaltet ihre Flügel, sie blitzen einmal grün auf und plötzlich bricht aus ihrem Mund ein riesiger Schwarm schwarzer Motten hervor. Erschrocken schlägt sie die Hand vor den Mund, doch es hilft nichts. Schon schwirrt die Luft und flimmert ölig schwarz. Hilflos und bewegungsunfähig muss ich zusehen, wie sie sich in einem Schwarm schwarzer Motten auflöst und erst faulendes Fleisch und schließlich nur noch ein Schädel zurückbleibt. Ich schreie, als sich ihr Schädel auflöst und die Welt vom Schwarz der Motten verschluckt wird.

Ich liege auf dem Boden der Kantine. Vier Krankenschwestern halten meine Arme und

Beine fest, während eine Fünfte meinen Kopf fixiert. Panisch schnappe ich nach Luft.

Ihretwegen hatte ich mich nicht bewegen können.

Ihretwegen hatte ich ihr nicht helfen können.

Ihretwegen war sie erneut gestorben.

Ich bäume mich auf und brülle meine Wut und Trauer heraus. Die Frauen lassen mich los und ein starker Elektroschock durchzuckt meinen Körper. Ich fühle das Kribbeln, es springt von Nerv zu Nerv und erfasst meinen ganzen Körper. Ich brülle erneut und um mich herum bricht Chaos aus. Ich versuche aufzustehen, doch ein weiterer Stromschlag schickt mich zurück auf den Boden. Aus meiner Position sehe ich nur die stampfenden Beine der Patienten und des Personals. Jede Sekunde fällt ein weiterer Irrer zuckend zu Boden, bis dieser mit Körpern gepflastert ist. Nur wenige Patienten sitzen noch an den Tischen, essen, sprechen mit sich selbst oder starren ohne eine Bewegung in die Luft. Ich schließe meine Augen und versinke in der endlosen Dunkelheit meiner Gedanken. Ich versuche, ihr Gesicht wieder heraufzubeschwören, doch alles, was ich sehe, sind der faulende Schädel und schwarze Motten. Erneut laufen mir heiße Tränen über die Wangen. Ich umklammere meine Knie mit den Armen und bleibe liegen, während den Anderen die Zwangsjacken gebunden und sie zu ihren Plätzen zurück bugsiert werden. Ein sanfter Klaps auf die Schulter lässt mich aufschrecken und ich kauere mich noch fester zusammen. Eine Männerstimme versucht, mich dazu zu bringen aufzustehen. Doch alles was ich wahrnehme, ist die Dunkelheit.

Ich spüre, wie der letzte Zitronenfalter stirbt. Eine schwarze Motte beißt ihm den Kopf ab.

Jede einzelne Faser in meinem Körper zerreißt, jeder Knochen bricht. Hände greifen nach mir, als ich beginne unter Qualen um mich zu schlagen. Sie versuchen mich entzwei zu reißen. Dann kann ich meine Arme nicht mehr bewegen, sie sind fest auf meiner Brust fixiert. Hektisch suchen meine Augen einen Ausweg, doch als ich mich aufrichten und losrennen will, werden auch meine Beine aneinandergebunden. Jemand legt mir eine Augenbinde an und ich werde hochgehoben. Die Dunkelheit macht mich fast verrückt. Ich will das helle Gelb des Zitronenfalters sehen!

Erneut suchen mich die Bilder des letzten An-
falls heim, doch als ich schreien will, spüre
ich, wie eine kalte Nadel unter meine Haut
gleitet. Brennendes Nervengift wird in mein
Fleisch gepresst und findet innerhalb von Sekunden seinen Weg.

18.10.2000

Ich weine.
Ich schreie.
Ich leide.
Warum hast du mir das angetan?

20.10.2000

Meine Prognose war falsch, schon gestern
habe ich aufgehört zu weinen und heute bin
ich tot. Mein Inneres hat bereits begonnen zu
faulen.

Sie sitzt mir gegenüber in der Zelle,
schmiegt sich eng an die Wand. Sie sieht mich

an, lächelt. Es ist das Lächeln nach dem Vorfall, das Bittere, das Falsche. Von der glücklichen, starken Frau ist nichts übriggeblieben.

Sie spricht nicht, sie kann es nicht.

Wir sehen uns nur an.

Komme ich ihr näher fängt sie erst an zu schreien und sich zu winden, dann schält sich ihre Haut vom Fleisch. Was weiter passiert habe ich nicht ausprobiert. Ihre Schreie in meinen Ohren – ich halte es nicht aus. Also starre ich sie an, sie lächelt traurig und ich lächle zurück. Manchmal erzähle ich ihr auch Geschichten. Sie hört mir zu und lächelt ihr trauriges Lächeln.

Ich verweigere das Essen jetzt vollkommen, ich will meine Zelle nicht verlassen. Ich habe Angst, wenn ich zurückkomme, könnte sie nicht mehr da sein.

Ich schlafe auch nicht. Ich habe Angst, dass sie fort sein könnte wenn ich aufwache. Doch solange ich sie ansehen kann, brauche ich keinen Schlaf. Ihre Präsenz hält mich am Leben, wirkt besser gegen Hunger als Nahrung und besser gegen Erschöpfung als Schlaf.

Auch den Gestank meiner eigenen Fäkalien in der Ecke rechts von mir nehme ich nicht mehr war. Ihr betörender Duft überlagert alles – Pfirsich.

Gestern haben sie versucht mich aus der Zelle und in den Speisesaal zu zerren, doch ich habe um mich geschlagen, gewütet und gefleht und schließlich ließen sich mich in Ruhe. Kopfschüttelnd hat der Wärter die Türe abgeschlossen, war gegangen und bisher nicht mehr wiedergekehrt. Vermutlich warten sie jetzt darauf, dass ich sterbe. Damit hätte sich das Problem, welches meinen Namen trägt, beseitigt.

Doch so lange sie da ist, sterbe ich nicht.

22.10.2000

Drei Tage sind seit ihrem Auftauchen in meiner Zelle vergangen. Stunde für Stunde muss ich mit ansehen, wie ihr Körper zerfällt, langsam von Maden zerfressen wird. Von ihren Händen sind nur noch Knochen übrig, ihre Beine sind zerfetzt und das Gesicht löchrig.

Was ist aus meinem Schmetterling geworden?

Ich will weinen, doch alle Tränen sind aufgebraucht.

Ich will schreien, doch meine Stimme gibt es nicht mehr.

Ich will ihr helfen, doch nähere ich mich ihr, beschleunige ich nur den Zersetzungsprozess.

Ihr faulender Körper stinkt und sie scheint mir all die Energie, die sie mir gegeben hat wieder zu entziehen, inklusive meiner eigenen. Doch ich gebe sie gerne für sie. Sie muss nur lange genug bleiben um mich einschlafen zu lassen.

Erschöpft liege ich auf der Seite und sehe aus schmalen Schlitzen zu ihr hinüber. Ihr Gesicht ist bis zur Unkenntnis zerfressen und langsam kippt ihr Kopf zur Seite um schließlich am Hals abzureißen und auf dem weichen Boden der Zelle zu landen.

Die Nacht überrollt uns und nimmt sie mit. Übrig bleiben ein paar Knochen und ein großer dunkelroter Fleck auf dem weißen Stoff.

Mühsam schleppe ich mich zu ihren Über-
resten. Wo ich den Stoff berühre wird er wieder weiß. Das Blut verschwindet. Fasziniert
streiche ich mit der Hand über den Boden.
Ich robbe zu ihrem Kopf, will sie noch ein
letztes Mal küssen. Ich strecke meine Hand
aus, doch ich fasse ins Leere. Die Konturen
verschwimmen wie im Nebel, dann ist ihr
Kopf verschwunden und mit ihm die anderen
Knochen und das Blut.

Ich muss hier weg.

Hier will ich nicht sterben und hier kann
ich nicht sterben.

Ich muss fliegen, wie sie.

23.10.2000

Seit Stunden schon suche ich diesen Raum
nach einer Fluchtmöglichkeit ab, doch alles
was in Frage käme funktioniert nicht. Der
Lüftungsschacht ist in der Decke und diese ist
zu hoch für mich, die Polster lassen sich nicht
von der Wand lösen, die Türe ist sicher ver-
schlossen und das Fenster ist zum einen zu
klein und zum anderen vergittert.

Ich ziehe mich an dem kleinen Fenstersims hoch und komme keuchend auf die Beine. Meine geschwächten Muskeln zittern, als ich zum gefühlt zwanzigsten Mal durch das dünne Glas sehe. Die untergehende Sonne taucht den Himmel in ein warmes Licht und ein kleiner Zitronenfalter flattert vor dem Fenster.

Ich muss zu ihr!

Zitternd hole ich aus und meine Faust trifft mit einem dumpfen Geräusch auf das Glas. Nichts, nicht einmal ein Sprung. Für einen kleinen Augenblick halte ich inne, dann beginne ich, wie besessen auf die Scheibe einzuschlagen. Unter den letzten Strahlen der Sonne beugt sich das Glas meinem Willen. Ich greife durch das Fenster und sie landet auf meiner blutigen Hand, rollt den Rüssel aus und beginnt von meinem Blut zu trinken. Liebevoll betrachte ich sie – mein Blut, freiwillig gegeben schenkt ihr neue Kraft. Ich sehe, wie sich die Flügel rot färben. Plötzlich graben sich spitze kleine Zähne in meine Handfläche. Schwarzes Öl vermengt sich mit rotem Blut. Der Schmetterling ist fort und eine große schwarze Motte sitzt auf meiner Hand.

Ich stolpere rückwärts, versuche die Motte abzuschütteln. Schlage mit dem Handrücken gegen die Wand. Einmal, zweimal, dreimal.

Die Zähne verschwinden und ich starre keuchend auf meinen Handrücken. Ein gebrochener Körper, ein verlorener Kopf und zerquetschte Flügel, gelbe, zerquetschte Flügel.

Ein trockenes Schluchzen kämpft sich meine Kehle hoch und schnürt mir die Luft ab. Ich falle auf die Knie und versuche mit bebenden Fingern die Flügel zu richten und die einzelnen Teile zusammenzufügen. Es hilft nichts. Noch immer liegt er reglos auf meiner Hand, zerteilt, geschändet. Trockene Tränen laufen mir übers Gesicht, als ich ihn auf das raue Tuch am Boden bette.

Mein Kopf berührt das Polster und die Welt verschwimmt, wird von meinen trockenen Tränen fortgeschwemmt.

24.10.2000

Am Rande der Ohnmacht höre ich, wie sich quietschend und endlos langsam die Zellentür öffnet. Mein Nacken zittert vor Anstrengung, als ich den Kopf hebe und in das strahlende Licht blicke. Die dunkle Silhouette einer Frau hebt sich von dem gleißenden Weiß ab und kommt erst zögerlich, dann fast schon hastig auf mich zu. Kurz wird alles weiß, dann kniet sie neben mir, streicht mir durch das verfilzte Haar und lächelt mich an. Ich blicke in das schönste Gesicht, das dieses gottlose Universum je zu sehen bekommen hat. Die Augen sind dunkelbraun, fast schwarz und kleine goldene Flecken tanzen darin, ihre schneeweiße Haut hebt sich sogar von den schmutzig weißen Kissen an den Wänden ab und das dunkelbraune Haar fällt duftend über ihre zierlichen Schultern. Ich verfolge, wie sich eine kleine Träne aus ihrem Augenwinkel kämpft und sich ihren Weg über die Wange bahnt. Am Kinn bleibt sie kurz hängen und funkelt im Licht des Fensters, dann löst sie sich und fällt auf meine Wange, wo sie sich mit den Meinen vermengt. Ihre sanft geschwungenen Lippen formen das traurige Lächeln, dann öffnet sie ihren Mund:

»Es ist Zeit nach Hause zu gehen.«

Ihre Stimme, weich, wie die Knospen der ersten Blumen im Frühling, bitter, wie der Kaffee am Morgen, befreit mein eingeschlossenes Herz.

Die Schwäche, die mich beherrschte, ist verschwunden und ich ziehe sie in meine Arme, inhaliere ihren Duft und vergrabe meinen Kopf in ihrer Halsbeuge. Zum ersten Mal seit ihrem Verschwinden fühle ich mich wieder geborgen

Als ich die Augen öffne, stehen wir an einer Klippe, hoch über dem Meer. Ich kenne diesen Ort, hier hat sie die Überreste ihrer Flügel gespreizt und ist gesprungen. Als ich an mir herabsehe, bemerke ich, dass mit der Schwäche auch mein erbärmliches Äußeres gegangen ist.

Der starke Wind spielt mit ihrem hellgelben Kleid, der helle Stoff verwirbelt mit ihrem dunklen Haar. Sie wirkt überirdisch.

Wir beide – sind überirdisch.

Hand in Hand schreiten wir durch das hohe Gras, an die Abbruchkante der Klippe. Wir stehen jetzt dort, wo sie vor nicht allzu langer Zeit schon einmal gestanden hatte. Doch heute ist alles anders.

Ich schlinge meine Arme um sie und lächle sie an.

»Lass uns fliegen.«

Sagt sie und legt ihre Lippen auf meine, küsst mich leidenschaftlich. Der seidig zarte Hauch unserer Flügel umspielt unsere Körper, dann heben wir ab, fliegen hinauf.

Hinauf in das gleißende Licht des Mondes.

Āmyrah

Sie erwachte, geweckt von schrecklichen Schreien und wildem Geheul.

Sie waren da. Gekommen, um sie zu holen.

Schnell schnappte sie sich ihr Langmesser, zog ihre Stiefel an und kroch so leise wie ein Luchs zum Zelteingang. Von draußen ertönten die Schreie und Schlachtrufe immer lauter. Direkt vor ihrem Zelt hörte sie ein grausiges Ratschen, gefolgt von erbärmlichem Wimmern. Sie erstarrte in ihrer Bewegung, als sich die Stoffbahnen blutrot tränkten und der Strom unter der Zeltwand ins Innere floss. Erschrocken machte sie einen Satz zurück, um dem roten Sturzbach zu entkommen, der sich unaufhaltsam seinen Weg zu ihr bahnte. Zuviel Blut für nur einen Mann, bemerkte sie. Entsetzen breitete sich auf ihrem schönen Gesicht aus und Tränen stiegen ihr in die Augen. Das war das Ende.

Verzweifelt schlich sie zur anderen Seite des Zeltes, setzte ihr Langmesser am Stoff an und schnitt vorsichtig ein Loch durch die Plane, sodass sie hindurchschlüpfen konnte. Draußen wurde sie schon erwartet: Schwarze Wölfe mit gefletschten Zähnen umkreisten ihr Zelt in sicherem Abstand. Das Fell war getränkt vom Blut ihrer Männer und die schweren Pfoten hinterließen dunkelrote Abdrücke auf dem staubigen Boden. Vor Angst keuchend wich die Prinzessin zurück, da bemerkte sie den starken Rauchgeruch. Ihr Zelt stand in Flammen. Sie spürte die Hitze in ihrem Rücken, war gefangen zwischen dem alles verschlingendem Feuer und den bedrohlich knurrenden Wölfen. Zwischen den Flammen erkannte sie Köpfe, Beine und Arme. Der Geruch von verbranntem Fleisch drang in ihre Nase und ließ sie würgen. Sie musste sich zusammenreißen. Schwäche würde ihr nichts nützen. Noch immer starrte sie gebannt in die Flammen, wo die letzten Überreste ihrer Gefolgschaft zu Asche verbrannten. Diese Männer waren für sie gestorben und die einzige Ehre, die sie ihnen erweisen konnte, war das Spiel des Feuers zu beobachten. Sie wusste, dass die Situation

aussichtslos war. Sie fühlte sich wie ein ver-
ängstigtes Reh. In die Enge getrieben vom
Tod.

Da erschien eines Todesengels gleich ein
großer Mann in Wolfsfell gekleidet in den
Flammen. Die schwarzen Haare wirbelten
wild mit den Flammenzungen umher. Unsi-
cher, was es mit seinem Erscheinen auf sich
hatte, brachte sich die Prinzessin in Verteidi-
gungshaltung: Das Langmesser schützend
vor ihren Körper haltend ging sie leicht in die
Knie.

Die Wölfe vergrößerten den Halbkreis
um sie und setzten sich auf ein stilles Kom-
mando hin. Der Mann trat nun ganz aus den
Flammen und verbeugte sich leicht vor ihr,
seine Hand lag dabei auf der Brust. Eine
Geste des Respekts. Doch sie spürte die Gefahr von ihm ausgehen. Sie hing wie ein
dunkler Schleier um seine Aura, wie auch
über den Wölfen. Nur stärker. Sehr viel stärker.

»Nín cundu. Seid gegrüßt«, sprach er sie
mit tiefer Stimme an.

»Mit wem habe ich die Ehre?«, erwiderte
die Prinzessin scharf, wohlwissend wer da
vor ihr stand.

»Narmohanu, Verehrteste.« Leicht bissig, beantwortete er ihre Frage: »Ihr wisst bestimmt, wieso unser Besuch von Nöten ist.«

»Und Ihr wisst daher auch, wie ich dazu stehe. Warum also halten wir uns mit Worten auf.«

Sofort verdunkelten sich die zuvor hellbraunen Augen des Wolfmannes, während blanke Bosheit sein Gesicht zu einer grausamen Maske verzerrte. Kampflos würde sie nicht aufgeben und ihr Königreich so nun endgültig dem Untergang ausliefern.

Inzwischen hatten sich die Wölfe wieder aufgerichtet und scharrten unruhig mit den langen Krallen im Sand. Konzentriert beobachtete die Prinzessin ihre Umgebung, suchte nach einer Lücke in der Mauer aus schwarzem Pelz und spitzen Zähnen.

»Nur wir beide. Ich habe nie von euren Kampfkünsten erfahren. Ihr seid Konflikten immer aus dem Weg gegangen, genau wie eure Mutter. Durch und durch feige.« Böse grinste er sie an, achtete auf jede Regung ihres Gesichtes. Er hatte einen wunden Punkt getroffen, das wusste er.

Ihre Mutter, die Königin war in einem Hinterhalt in ihrem eigenen Palast ums Leben gekommen. Es gab viele Gerüchte, wer dahintersteckte. Unter anderem wurden die Wandelnden beschuldigt, da man Tierhaare auf dem toten Körper ihrer Mutter gefunden hatte. Doch handfeste Beweise gab es nicht und so zerbrachen die sorgfältig geschmiedeten Bündnisse mit den Fürstentümern, genauso wie ihr Vater am Tod der Königin.

Ohne die Führung des weisen Königs fiel das Reich in sich zusammen, die Fürsten nahmen ihre Kriege um Land wieder auf und Dunkelheit begann, das Land zu beherrschen.

Die Prinzessin musste den Palast verlassen, immer auf der Flucht. Ihr Vater starb ein Jahr später und sie führte seitdem den letzten Rest des loyalen königlichen Gefolges tiefer in die kaum bewohnten Reiche am Rande des einstigen Königreichs.

»Und du brachtest deinen eigenen Bruder um? Deine Familie kann nicht tiefer sinken.«

Das Lächeln verschwand augenblicklich und er grollte wütend: »Mein Bruder war schwach. Er brachte es nicht über sich, seine

Frau zu töten, nachdem sie ihn hintergangen hatte. Er war so schwach … und dumm!« Gedankenverloren murmelte er vor sich hin, während seine Augen einen Punkt über ihrem Kopf fixierten.

Auf diesen Moment hatte sie gewartet. Mit unmenschlicher Geschwindigkeit sprang sie auf den Wolfsmann zu und richtete ihr Langmesser auf sein Herz. Doch statt durch Fleisch zu schneiden, traf ihr Dolch nur Leere und sie flog ungebremst Richtung Boden. Sofort rollte sie sich geschmeidig ab, wirbelte herum und fand sich verwundert Auge in Auge mit einem Wolf vor.

Er hatte also die Kräfte seines Vaters geerbt, er war ein Wandelnder. Sein Fell war dunkler als das der übrigen Wölfe und schimmerte in einem geheimnisvollen Glanz.

Das Überraschungsmoment und somit wahrscheinlich auch ihre einzige Chance waren vorbei. Sie stand kaum aufrecht, da startete er auch schon den Gegenschlag. Er sprang sie plötzlich mit solcher Wucht an, dass sie nicht einmal mehr ihr Messer in Position bringen konnte und somit brutal zu Boden gerissen wurde. Seine Kiefer schnappten nach ihrer Kehle, doch sie schob in letzter

Sekunde ihren Arm dazwischen. Schmerzhaft biss er tief ins Fleisch, doch bevor er sich festbeißen konnte, riss sie den anderen Arm nach oben und rammte ihr Langmesser in seine Flanke.

Jaulend sprang er zurück, wobei er fast das Messer mit sich riss. Mit aller Kraft hielt sie es umklammert. Denn ohne eine Waffe hätte sie seinen Zähnen und Klauen nichts entgegenzusetzen.

Die Pause währte kurz, dann beschloss sie den Angriff fortzusetzen und täuschte einen Ausfallschritt nach vorne an, um ihn zurückzudrängen. Der Wolf wich knurrend aus, begriff jedoch schnell, dass sie ihn in die Defensive drängen wollte. Aggressiv schnappte er wieder und wieder nach ihren Beinen, immer darauf bedacht, ihren Messerstichen auszuweichen.

Als es schien, dass der Wolfsmann sich mit dem Abstand verschätzt hatte, wirbelte die Prinzessin blitzschnell auf ihn zu. Genau in dem Moment verwandelte sich der Wolfsmann zurück in seine menschliche Gestalt und anstatt ihm wie beabsichtigt die Seite aufzureißen, hinterließ sie nur eine klaffende Wunde in seinem Oberschenkel.

Dabei griff er ebenfalls an und erwischte ihre rechte Schulter mit etwas Scharfem. Ein stechender Schmerz schoss ihren Arm entlang und zwang sie auf die Knie. Die Wunde war nur oberflächlich, doch es brannte wie Feuer und Tränen schossen ihr in die Augen. Wogen des Schmerzes ergriffen die Prinzessin, ließen sie Speichel spucken und erbärmlich jaulen. »Was…«, brachte sie keuchend hervor. Als sie aufblickte stand der Wolfsmann mit blutendem Bein über ihr und grinste teuflisch, während er einen silbern schimmernden Dolch in der Hand hielt. Es schien, als hätte er Mühe gerade zu stehen, denn die Wunde an seinem Oberschenkel blutete stark und hinterließ schon bald eine dunkelrote Pfütze im Sand.

»Nicht nur Ihr habt eure Tricks, meine Liebe. Wirklich ausgesprochen gute Kampfkünste, und diese Eleganz…« Das Lachen des Wolfsmannes klang bizarr in der Stille des Waldes. Die Vögel waren schon beim ersten Kampflärm verstummt und selbst die anderen Wölfe verharrten in ehrvollem Schweigen während ihres Duells.

Selbstgefällig bückte sich Narmohanu und hob ihren verzierten Langdolch auf, immer darauf bedacht, sein verletztes Bein nicht zu sehr zu belasten.

»Ich würde sagen, im Giftmischen bin ich einfach unschlagbar.«

Groll stieg in der Prinzessin auf und ließ sie für kurze Zeit die Übelkeit vergessen, die sich in ihr ausbreitete. *Das* waren die Tricks eines Feiglings. Er wagte es nicht einmal ehrenvoll zu kämpfen und sie fair zu besiegen, denn das wäre sicherlich passiert. Sie mochte zwar sehr gut ausgebildet sein, dennoch war sie keine Kriegsherrin, wie der Wolfsmann es einer war.

»Narmohanu«, spuckte sie verächtlich aus, »willst du deinen Freunden etwa erzählen, dass du nicht in der Lage warst mich im Kampf zu töten? Dass du Gift brauchtest, damit ich erbärmlich sterbe?«

Der Wolfsmann lachte nur über ihren Ausbruch, wischte seelenruhig ihr blutverschmiertes Messer am anderen Hosenbein ab und ließ es in seinem Mantel verschwinden.

»Oh, nín cundu! Meine Prinzessin. Was nützt Ihr mir tot? Wo Ihr doch so einzigartig zu sein scheint…«

Mit diesen Worten drehte er sich um und überließ sie sich selbst. Eingekesselt von schwarzen Wölfen, mitten auf dem Schlachtfeld, das doch eigentlich ihr Grab sein sollte. Genau wie das ihrer treuen Gefolgsleute.

Doch stattdessen lag sie im Dreck, am Rande der Ohnmacht und wusste nicht, wieso ihr Leben verschont wurde. Aber eins war ihr klar: Es gab Schlimmeres als den Tod in ihrem Land.

Mit düsteren Vorahnungen kippte sie zur Seite und verlor endgültig das Bewusstsein.

Sie erwachte mit einem tauben Gefühl in den Armen. Ihr Mund fühlte sich wie ausgetrocknet an und krampfhaft versuchte sie zu schlucken. Da wurde ihr unsanft ein Behälter mit Wasser an den Mund gedrückt und sie trank begierig. Doch sie konnte nicht schnell genug schlucken, weshalb ein Teil der kostbaren Flüssigkeit ihren Hals hinabrann und ihr Hemd durchnässte.

Kaum hatte sie ein paar Schlucke getrunken, wurde der Becher weggezogen. Schwere Schritte entfernten sich von ihr und sie hörte eine Tür ins Schloss fallen, bevor sie nach mehr Wasser betteln konnte.

Vorsichtig öffnete die Prinzessin ihre Augen. Die vollkommene Schwärze wich steinernen Wänden und einem kleinen, vergitterten Fenster, durch das sie den Mond am klaren Nachthimmel sehen konnte. Sein kaltes blaues Licht fiel auf den glatten Steinboden und erhellte ihre Zelle. Die einzigen Gegenstände waren ein Holzeimer, vor dessen Benutzung ihr jetzt schon graute, eine niedrige Steinbank gegenüber dem Fenster und die eisernen Ketten mit denen sie mit den Händen an der Wand hing. Ihre Füße schwebten nur wenige Zentimeter über dem Boden, während sich die Fesseln schon jetzt schmerzhaft in ihre Handgelenke bohrten. Ihre verletzte Schulter hingegen pochte nur dumpf.

Sie konnte geradewegs auf die stabile Metalltür blicken, die sie vorhin einrasten gehört hatte. Verzweifelt stellte sie auch hier fest, dass es wohl keine Chance gab, ohne Hilfe auszubrechen.

Ihre Hoffnung schwand. Sie schloss die Augen und versuchte den dumpfen Schmerz in ihren Armen auszublenden, während die Erschöpfung sie übermannte.

Nach einer gefühlten Ewigkeit öffnete sich die Tür. Doch ein Blick aus dem Fenster zeigte ihr, dass nicht viel Zeit vergangen sein konnte.

Herein trat Narmohanu, ganz in Schwarz gekleidet.

Ihre Augen verengten sich zu Schlitzen, wohingegen der Wolfsmann ganz zufrieden aussah.

»Vielleicht hatten wir einen schlechten Start, meint Ihr nicht auch?«, fragte er in versöhnlichem Ton und ging mit eleganten Schritten auf sie zu.

Da sie nicht wusste, ob sie ihrer Stimme vertrauen konnte, schnaubte sie nur verächtlich.

»Okay. Wie wäre es, wenn wir eine Abmachung eingehen? Sagen wir… Ihr redet mit mir, und zwar ohne jedes Mal mit einer Beleidigung zu enden«, schob er schnell hinzu, »und im Austausch dafür befreie ich Euch von den Ketten. Einverstanden?«

Sie brauchte nicht lange zu überlegen und stimmte zu, damit sie endlich wieder auf beiden Beinen stehen konnte.

Mit einem Schnipsen öffnete Narmohanu die Fesseln und sie fiel unsanft zu Boden, da ihre Beine das Gewicht zuerst nicht tragen konnten. Erleichtert rieb sich die Prinzessin die wunden Stellen am Arm und stand auf. Dabei musste sie sich an der Wand abstützen, um nicht erneut zu stürzen.

Stumm schaute sie zu ihm hoch. Seine Augen schienen heller als bei ihrer letzten Begegnung, das Braun war einem Goldton gewichen.

Nach einiger Stille seufzte der Wolfsmann.

»Mit Reden meinte ich eigentlich etwas anderes… Aber fürs erste würde ich mich mit eurem Namen begnügen, Prinzessin. Eurem wahren Namen.«

Entsetzt sog sie laut die Luft ein. Das war keine kleine Forderung. Sie wusste nicht, ob er ihren Namen schon kannte oder nicht.

Sicher, sie selbst hatte viele Legenden um ihn in die Welt gesetzt. Und auch wenn alle zu Stillschweigen verpflichtet wurden, die von ihm wussten, so gab es immer Methoden an die Wahrheit zu gelangen. Und wer könnte das besser als Narmohanu?

Bei Hofe wurde sie immer Prinzessin Āmyrah genannt, doch diese Worte hegten keine

Macht über sie. Der wahre Name jedoch gewährte demjenigen, der ihn aussprach einen gewissen Einfluss auf ihre Wahrnehmung und den Geschichten nach gab es begabte Schamanen, die noch viel mehr mit der Person anstellen konnten.

Sie hatte also die Wahl, ihm entweder ihr größtes und wohlbehütetstes Geheimnis zu offenbaren, oder sie ließ es auf eine Lüge ankommen. Wobei es nur eine Frage der Zeit wäre, bis er den Schwindel erkennen würde. Und sie wollte sich gar nicht vorstellen, was er dann mit ihr machen würde.

Der Wolfsmann beobachtete ihre Reaktion und schien sich in Geduld zu üben. Sie schloss die Augen und hoffte, diesen Moment nicht bereuen zu müssen.

»Ich heiße…« Die Stimme brach ihr, als sie auch nur an den Namen dachte. Sie spürte die liebliche Macht von ihm ausgehen, es war als schlänge sich die Kraft um sie, wie eine wohlige Umarmung und sie musste ein Lächeln unterdrücken. Prinzessin Āmyrah öffnete die Augen und sah im Gesicht des

Wolfsmannes, dass er ebenfalls etwas gespürt haben musste, denn er wirkte fasziniert und schockiert zugleich.

»Ich bin Psukhḗ Apharaséa Āmyrah.« Ein wohliges Vibrieren ging durch ihren Körper und sie fühlte sich für kurze Zeit so erfrischt und lebendig, dass sie fast vergaß, wo sie war. Sie stellte sich aufrecht hin und trat Narmohanu einen Schritt entgegen.

»Zufrieden?«, herrschte sie ihn giftig an, er drehte ihr jedoch nur wortlos den Rücken zu und schritt zur Tür. Vor dem massiven Metall blieb er stehen und bedachte sie mit einem langen, unergründlichen Blick.

»Mir ist durchaus bewusst, was das für euch bedeutet. Und ich schätze eure Ehrlichkeit. Ich lasse euch etwas zu essen bringen.« Der Wolfsmann lächelte fast charmant. Selbst seine Augen schienen heller zu werden und zu leuchten.

»Ich freue mich schon auf unser nächstes Gespräch. Bis bald, Psukhḗ Apharaséa Āmyrah.«

Der wohlige Schauer von vorhin kam zurück, nur diesmal mit einem Hauch von Gefahr. Einer lauernden Drohung, die sich über sie legte und ihr den Atem stocken ließ.

Offenbar zufrieden mit ihrer Reaktion verbeugte sich Narmohanu und glitt, die nun dunklen Augen auf sie gerichtet, aus dem Raum.

Nachdem das metallene Klacken verklungen war, wurde die Prinzessin urplötzlich von Erschöpfung ergriffen und sackte auf dem Boden zusammen. Was hatte sie nur getan? Sie gab dem gefährlichsten Mann, den sie kannte, die mächtigste Waffe gegen sich selbst.

Aber sie hatte keine Wahl… Dennoch, als er ihren Namen aussprach, wünschte sie sich sehnlichst, sie hätte nichts gesagt. Nun, jetzt musste sie damit klarkommen.

Mit letzter Kraft richtete sich die Prinzessin auf und ging auf das kleine Fenster zu.

Durch die dicken Gitterstäbe erkannte sie eine karge Felslandschaft, die unheilvoll vom tief stehenden Mond erhellt wurde. Unter ihrem Fenster suchte sich ein kleiner Bach seinen Weg durch die Steine, doch die Kälte hatte ihn erfrieren lassen. Unter der dicken Eisschicht floss nur noch ein kleines Rinnsal.

Alles wirkte kalt und verlassen.

Bis sich ein Schmetterling auf einem Felsen in der Nähe des Baches niederließ. Seine zarten Flügel schimmerten silbern im Licht, während er zweimal mit seinen Schwingen schlug. Ein sanfter Windhauch erfasste seine Flügel und er wirbelte hoch in die Lüfte davon.

Sie beobachtete ihn wehmütig, bis er nicht mehr von den funkelnden Sternen zu unterscheiden war.

Leises Flüstern wurde zu ihr geweht.

Verlier die Hoffnung nicht, schien es zu sagen. Halte durch.

Die Stimme klang so lieblich und warm.

Wie ein Hauch. Ein Atem der Seele.

Psukhé.

CHIARA KAUFFMANN

My One and Only Butterfly

Tablo: Eyes, Nose, Lips

[19 October 2006]

They say I will get over you
They say it won't take long to forget
They say time flies
but for me it seems like you keep breaking
its wings.

[22 October 2006]

Every time you were angry or scared, you
would fold butterflies

I told you to do so
I told you, it would distract you from
troubling memories and scary thoughts.

[27 October 2006]

I never asked, if folding the butterflies
helped you

For me, it doesn't
It just keeps reminding me of you

But I can't stop.

[13 November 2006]

They're everywhere now
Everywhere I look
Everywhere are butterflies.

Small ones.
Big ones.
Well – formed ones.
Sloppy ones.

[15 November 2006]

They're everywhere
Like you
You're with me
wherever I go.

I can't escape your presence.
You keep hunting me

But I deserve it, right?
I let you down

When you needed me the most

I let you down.

[16 November 2006]

I was afraid of seeing your face
I was afraid of losing you

But I was naive.

[19 November 2006]

Now I'm being punished
Now I'm seeing your face everywhere
YOU are everywhere
Now I've lost you

I let you drown in butterflies.

I'm sorry.
I'm sorry.
I'm sorry.

[25 November 2006]

How could you leave me like that?!

Crying.
Screaming.
Whimpering.
Miserable.
Pathetic.
My chest broken
In at least as many pieces as I now have
butterflies in my room

How could you?

[28 November 2006]

I think I'm losing my mind.

[30 November 2006]

They say I need help

I don't need help
I need you.

[1 December 2006]

I won't go
I can't go
I have to stay with my butterflies
I have to stay with you.

[1 March 2007]

I've once been told:
»One day you'll know,
too much of heaven is a sin.
After the show it's only hell that it brings«

I think I understand now.

So I'll take it slow and let time heal
everything.

Thank you.

Farewell, my butterfly

Sophia Wendt

Black ink

Er starrte ihr hinterher, beobachtete, wie ihre schlanke Silhouette länger und schmäler wurde, wie sie die lange Straße entlangging, den Kopf gesenkt, abgetaucht in ihre eigene Welt, in die niemand je Einblick erhalten wird. Er liebte den Moment, wenn die Sonne gerade hinter den Hochhäusern versunken war und Stille in der Stadt herrschte. Als würde der gesamte Rummel und Stress in der Großstadt einen Moment den Atem anhalten, einen Moment der Ruhe genießen, bevor die magischen Sekunden vergangen waren und sich jeder wieder in die Arbeit stürzte.

Kaum war die Sonne hinter den gläsernen Gebäuden verschwunden, wurde der Himmel dunkler, verlor sein trügerisches Blau und färbte sich ein letztes Mal bunt, bevor das Dunkel die Nacht beherrschte. Er war ein Mensch der Nacht. Tagsüber waren die Menschen beschäftigt, sich zu Tode zu arbeiten, sie logen und betrogen von morgens bis abends, egal ob ihre Freunde, Familie oder Arbeitgeber. Doch nachts waren sie schutzlos. Es gab keine Schatten, hinter denen sie sich verstecken konnten, die Nacht machte jeden gleich. In den Bars zeigten die Menschen ihre wahren Gesichter, die nach Streit dürstenden, aggressiven, rauen Gestalten, die bei genügend Alkohol über ihre Gefühle redeten. Gefühle, die sie den ganzen Tag unterdrückten.

Und letztendlich war die Nacht die Zeit, in der er sie sah. Jeden Abend verließ sie die Bibliothek um die gleiche Zeit, ihre Hände tief in den Taschen ihres langen, cremefarbenen Mantels vergraben. Ihre sanften hellblonden Haare rahmten mit weichen Wellen ihr schmales Gesicht ein, brachten ihre traurigen hellgrünen Augen zum Leuchten. Wann immer er sie sah, umgab sie eine Aura von Traurigkeit. Er konnte nicht genau sagen, woher das kam, wieso sich in ihm jedes Mal der Beschützerinstinkt weckte, wieso sie ihm erschien, als wäre sie eine zerbrechliche Porzellanprinzessin. Vielleicht lag es daran, dass er sie noch nie in Gesellschaft anderer gesehen hatte oder daran, dass sie stets vertieft und ernst erschien. Als würde sie etwas so sehr beschäftigen, dass sie keine Zeit hatte, sich um etwas anderes zu kümmern.

Er war sich sicher, dass sie ihn noch nie bemerkt hatte, dass er Abend für Abend vor der Bibliothek wartete, um sich einen Moment einem Menschen nahe zu fühlen. Sie zog ihn unbewusst an, wie der Mond das Meer an sich zog und Ebbe und Flut entstehen ließ. Sie war sein Mond, auch wenn er sie nie mit einem leuchtenden Lächeln im Gesicht gesehen hatte. Er war sich sicher, dass sie ein bezauberndes Lächeln hatte.

Wo sie wohl hinging? Seine ungewöhnliche Beziehung mit der jungen Frau bestand aus täglich etwa drei Minuten Sichtkontakt. Den sie noch nie erwidert hatte, da sie von ihm noch nie Notiz genommen hatte. Aber er sehnte sich nach ihr, ihrer Nähe, er wollte sie bei sich wissen, er wollte etwas über sie erfahren. Sie war bezaubernd und voller Geheimnisse. Er starrte auf den Weg, den sie vor wenigen Sekunden genommen hatte, die gepflasterte Straße, die das gedämpfte Licht des Mondes widerspiegelte. Wie es sich wohl anfühlte, ihr in die Augen zu schauen? Wie sie wohl über ihn denken würde? Was würde sie wohl in ihm erkennen? In ihm, den einsamen, verlassenen Jungen? Oder würde sie über seine vernachlässigten Schuhe, seinen abgetragenen Mantel und den Dreitagebart hinweg sehen können? Sie wirkte so erwachsen, dass er sich trotz der Entfernung stets unreif und jung fühlte. Ihre Gestalt und ihre Augen wirkten, als hätte sie schon Dinge erlebt, die niemand in ihrem Alter erlebt haben sollte. Jede seiner Zellen schmerzte nach ihr, ihre Nähe jeden Abend war das einzige, das den Schmerz in seinem Inneren für kurze Zeit lindern konnte. Und schon wieder verspürte er den herben Stich in seinem Inneren, als wäre sein Herz aus Glas und die Glassplitter bohrten sich in sein Inneres. In ihm regierte eine ihn irritierende Dunkelheit, die er nachts nicht verstecken musste. Nachts war alles dunkel. Unheimlich, Schwarz. Nicht umsonst fürchteten sich viele vor der Dunkelheit, in ihr konnte sich alles verstecken, Böses, Unheimliches, Verschwiegenes, Verlassenes. Seine innere Schwärze laugte ihn Tag für Tag aus, ließ ihn ermüden, ließ ihn sich und sein Leben hassen. Er hasste es, dass er nur existierte. Er hasste die Tatsache, dass er wertlos, nutzlos war, dass seine Familie ihn verabscheute. Er hatte nichts getan.

Der Mond stand an seiner höchsten Stelle, verlieh der Situation einen okkultistischen Schimmer, der ihm beinahe etwas wie Zufriedenheit lieferte. Die Nacht war nie nur schwarz. Es gab den Mond, es gab die Sterne, es gab das Licht, das in jeder einzelnen Person auf dieser Welt leuchtete. Inzwischen war es jedoch so dunkel geworden, dass er kaum noch seine Hand vor den Augen ausmachen konnte. Er rieb seine Hände aneinander, um ein bisschen Wärme zu erzeugen. Dann machte er sich auf den Weg zu seinem ihm verhassten Zuhause. Er hasste es hierher zurückzukehren, längst hatte er mit seiner Familie gebrochen, sie kamen nicht mit ihm klar, dem schwarzen Schaf einer erfolgreichen Familie, in der sich jeder Rang und Namen verschafft hatte. Und dennoch wohnte er dort, hatte sich eine kleine Kammer in einem dunklen Keller eingerichtet, spärlich, aber nicht mehr oder weniger als das, was er verdiente. Er verdiente kein weiches Federbett, keine warme Decke, keine lichtdurchflutete Räume.

Er schlich sich in das pompöse Haus, fror und fühlte sich so fehl am Platz, als wäre er ein Eindringling und nicht trotz allem ein Familienmitglied. Die Dunkelheit seines Kämmerchens empfing ihn, umhüllte ihn, hieß ihn willkommen. Doch die Schwärze verbarg dieses Mal etwas vor ihm. Wie aus dem Nichts schoss eine Faust aus der Finsternis hervor und rammte ihn mit voller Wucht in den Magen. Keuchend krümmte er sich zusammen, als der nächste Schlag folgte. Wieder und wieder droschen die Schläge auf ihn ein, er lag längst am Boden, wie ein Käfer auf dem Rücken, die Hände über seinen Körper, als wären sie sein Schutzschild. Doch er war schwach und sein Gegner voller Wut und diese verlieh ihm animalische Kräfte. Als schwarze Sternchen in seinem Sichtfeld tanzten und er sich zwingen musste, wach und bei Bewusstsein zu bleiben, ließ sein Gegner von ihm ab, verschmolz mit der Dunkelheit und verließ lautlos und unbemerkt den Raum. Zitternd und vor Schmerzen wimmernd kauerte er sich auf seiner Matratze zusammen, Tränen liefen sein Gesicht hinab, tropften von seinen Wangen auf das Bettlaken, wo sie schließlich versiegten.

Am nächsten Morgen wachte er mit einem Versprechen auf, das ihn erschreckte.

76

Heute war der Tag, heute hatte er letztendlich nichts mehr zu verlieren. Er würde sie heute ansprechen, was konnte ihm noch passieren? Noch immer war er wie in Trance, die Schläge hatten rote Flecken hinterlassen, die sich über die Nacht bläulich verfärbt hatten. Er war beinahe von sich selbst überrascht, als er feststellte, wie kalt ihn die vergangene Nacht ließ. Diese Nacht war für ihn nichts anderes als eine weitere Narbe in seinem allzu oft zerbrochenen Herzen, es war für ihn nichts Neues verletzt zu werden, er war gebrochen, ein Wrack. Er hatte es aufgegeben, seinen Ärger an etwas auszulassen, zu weinen, er akzeptierte die Tatsache und vergrub sie weit unter seiner harschen Oberfläche. Tränen und Selbstmitleid brachten ihn nicht weiter.

Sehnsüchtig erwartete er die letzten hellen Stunden des Tages, den Moment, in dem er dieses Haus, das geschützt war wie ein Hochsicherheitstrakt, endlich verlassen konnte, um sie zu sehen. Als die Sonne ihre letzten Strahlen durch sein niedriges Fenster warf, wusste er, dass es Zeit war, sich auf den Weg zu machen. Schweigend, den Kopf gesenkt spazierte er durch die leeren Gassen, vereinzelt hetzten Menschen die Straße entlang, um rechtzeitig zum Abendessen bei der Familie zu sein, einen letzten Termin wahrzunehmen oder die Nachtschicht zu beginnen. Er fiel nicht auf, er genoss das Gefühl der Unsichtbarkeit, er fühlte sich überlegen. Keiner hatte Erwartungen an ihn. Ein leichter Wind blies ihm in sein hageres Gesicht, als er sich vor der Bibliothek stationierte. Keine einzige Wolke war am Himmel zu sehen, es würde eine wundervolle sternenklare Nacht werden. Und vielleicht würde er endlich glücklich sein können.

Wie immer auf die Minute pünktlich öffnete sich die massive Holztür der Stadtbibliothek und sie trat heraus. Sehnsucht schoss durch seine Venen, durchflutete ihn und hinterließ ein Brennen an seinem ganzen Körper. Er atmete tief durch, sein Atem erfüllte die kühle Abendluft und er überquerte die Straße. Sie hatte ihn noch nicht gesehen, da trat er einen Schritt vor sie. »Verzeihung«, murmelte er leise. Daraufhin hob sie ihren Kopf. Zum ersten Mal in seinem Leben erwiderte jemand seinen Blick mit Interesse. Ihre smaragdgrünen Augen brannten sich in seine

Seele. Sie hatte einen weise Blick und er spürte eine merkwürdige Verbundenheit zwischen ihnen aufglimmen. Er bemerkte kaum, dass er sie genauso intensiv musterte wie sie ihn. Sie wandte ihren Kopf zur Seite, als würde etwas ihre Aufmerksamkeit erfordern und brachte ihren schneeweißen, langen Hals zur Geltung. Er schaute zweimal hin, bis er sich sicher war. Sie hatte ein Tattoo unterhalb ihres Ohrläppchens, einen kleinen schwarzen Schmetterling, der aussah, als würde er gleich von ihrer Haut in die klare Nacht davonfliegen. Fasziniert starrte er auf die schwarze Tinte. Das Mädchen hob eine ihrer Hände und strich sie abwesend über die Stelle an ihrem Hals. Dann wandte sie wieder ihm den Blick zu. Ihre Hand wanderte von ihrem Hals zu seiner Wange. Eiskalt lag sie da, dennoch glühte sein Innerstes wie flüssiges Glas. Endlich konnte er seinen Blick von ihren Augen abwenden, er betrachtete sie sorgsam, er wollte jedes Detail kennen, um diesen Moment später einmal zu Papier bringen zu können. Der lange Mantel versteckte ihre schmale Statur, kaschierte die schlanke Taille. Er wollte sie in den Arm nehmen, sie trösten, sie beschützen, alles für sie geben. Sie strahlte Traurigkeit aus, an jeder Stelle ihres Körpers klebte eine allumfassende Traurigkeit. Ihr letztes Lächeln musste genauso lange her sein wie sein eigenes. Wie fühlte es sich an, mit seinem Leben und sich selbst zufrieden zu sein?

So standen sie sich gegenüber, sich an den anderen durch eine einzige Berührung klammernd. Zwar berührten lediglich ihre eiskalten Fingerspitzen seine Wange, doch intimer konnte der Moment nicht sein. »›Es ist das Ende der Welt‹, sagte die Raupe. ›Es ist erst der Anfang‹, antwortete der Schmetterling«, flüsterte sie leise, ihre Stimme nicht mehr als ein Windhauch. Sie streckte sich, bis ihr Gesicht mit seinem auf einer Höhe war. Dann hauchte sie ihm einen Kuss auf die Stirn, kalt und genauso leicht wie ihre Berührung. Wie erstarrt blieb er stehen, als sie sich von ihm löste, einen Schritt nach hinten machte und ihren täglichen Weg fortsetzte.

Die Anspannung fiel von ihm ab, er drehte sich um, doch sie war längst hinter der nächsten Ecke verschwunden. Er spürte ihre Finger an seiner Wange, ihre Lippen auf seiner Stirn, wie eine eiskalte Erinnerung. Als

hätten ihn die Flügel eines Schmetterlings ge-
streift. Längst war es tiefe Nacht geworden,
die Sterne strahlten hell über ihm, doch heute
war er blind für diese besondere Schönheit.
Noch immer starrte er auf die Stelle, hinter
der sie verschwunden war. Sie, sein Schmetterling.

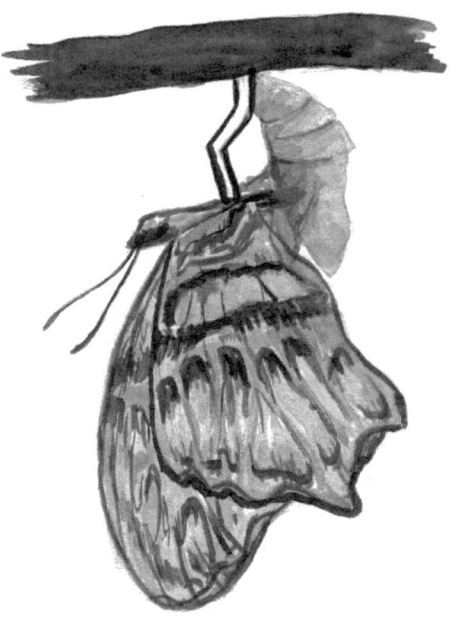

ANNABEL NANNT

Schmetterling

butterfly, butterfly
how are you existing
in a world of rain and thunderstorms
while a single human breath can spin you
while a single finger's touch can kill you
how can you survive

Herbst

»Ihre Anmut, ihre ruhige, friedliche, un-
schuldige Anmut, gespiegelt in ihrem makel-
losen, wunderschönen Gesicht. Man empfindet Mitgefühl mit ihr, man empfindet Zunei-
gung. Ist dies wirklich, weil sie ihren toten
Sohn im Schoß hält? Säße hier eine als unäs-
thetisch empfundene, eine hässliche Maria«,
alle Blicke, ausnahmslos alle Blicke im Raum
wanderten zu mir, »so empfänden wir diese
Szene wohl eher als grotesk, als unange-
nehm, als merkwürdig und unschön. Denn
die Muttergottes, sie muss doch ein Bildnis
der Schönheit sein, ihr Wesen muss in ihrem
Äußeren wiedererkennbar sein, oder nicht?«

Mit dieser Frage, die eigentlich keine war, beendete Professor Siebrecht seinen Monolog über Maria in Michelangelos Pietà, und damit auch die gesamte Vorlesung.

Ich, die hässliche Maria, speicherte meine Dokumentation der heutigen Kunstgeschichte-Vorlesung ab, klappte meinen Laptop zu, steckte ihn in meinen Rucksack und verließ leise und unauffällig, so wie alles was ich tat, das Auditorium.

In Gedanken noch völlig bei der Statue lief ich durch die Stadt nach Hause zu meiner Wohnung am Stadtrand. Ob es wohl möglich wäre, mit einem Bild von Michelangelos Maria zum Schönheitschirurgen zu gehen? Wohl kaum.

»Hallo, ich wäre gerne so schön wie die Jungfrau Maria.«

Ich stellte mir das eher entsetzte Gesicht des Chirurgen vor. Nicht, weil es unmöglich war, ein Gesicht wie das von Michelangelo Geschaffene zu rekonstruieren. Sondern weil ich, und das wusste ich, seitdem ich vor etwa einem halben Jahr zur Beratung in einer solchen Klinik gewesen war, eine Art hoffnungsloser Fall war. Es war viel zu verbessern an meinem Gesicht, viel war machbar, aber jedes Endergebnis wäre immer noch weit entfernt von dem gewesen, was von Zeitschriften für moderne Frauen und solche, die es gerne wären, als ›Beautystandard‹ bezeichnet wird. Trotzdem hatte ich am Tag dieses Besuches angefangen zu sparen, zu sparen für die Operation, die mehrere Tausend Euro kosten würde.

Tausende Euro die sich lohnen würden. Diese Operation war mehr als eine Gesichtsverschönerung. Mehr als die Korrektur eines Makels. Sie war wie ein Vorhang, der mich vor den Blicken der Welt beschützen würde. Den entsetzten Blicken. Den angewiderten Blicken. Den hämischen Blicken. Vor all den Menschen, die mich mit ihren durchbohrenden Blicken auszogen, bis ich nackter war als nackt, bis sie all meine Narben sehen konnten. Und sobald sie diese sahen, schauten die Menschen schnell, so schnell es ging, wieder weg. Denn es war hässlich was sie erblickten. Und ›hässlich‹ kommt nicht grundlos von ›Hass‹.

Ich war in der Altstadt angekommen, an deren Ende meine Wohnung lag. Beim Durchqueren der Fußgängerzone war ich mit meinen Gedanken noch überall außer dort wo ich wirklich war, als mir zuerst etwa 20 Äpfel und anschließend eine junge Frau vor die Füße fielen. Ich reichte ihr eine meiner vernarbten Hände, auf Grund des kühlen Spätherbstes glücklicherweise in einem Handschuh verborgen, und half ihr wieder auf, unter der Angst, dass sie erschrecken und erneut fallen würde, sobald sie mein Gesicht erblickte. Daher kniete ich auf den Boden, noch bevor sie eine Chance dazu bekam, mich anzusehen, und sammelte ihre Äpfel wieder zusammen. In meinem zum Glück ausgesprochen großen Rucksack verstaute ich sie alle, denn ihre dünne Plastiktüte war zerrissen. Eine andere Tasche hatte sie nicht dabei. Sie stand regungslos daneben und sagte kein Wort.

Als ich mich wieder erhob, um mich ihrem Blick nun doch zu stellen, stand sie immer noch da, starr und unbewegt, und wie ich jetzt erkannte hatte sie ihre Augen geschlossen. Es dauerte einige Zeit bis ich verstand, was dahintersteckte. Um genau zu sein dauerte es so lange, bis ich den Blindenstock sah, ihren Blindenstock, der bei ihrem Fall beinahe über die halbe Straße gerollt war. Ich lief los um ihn zu holen und gab ihn ihr in die

Hand. Dabei erfasste sie meine Hand, hob ihren Kopf als wollte sie mich anschauen, sie war deutlich kleiner als ich. »Danke«. Ich erwiderte ein »Gern geschehen«, und fragte sie wo sie denn hinwolle, mit all ihren Äpfeln. In ihre Wohnung, entgegnete sie, und da diese in der Nähe meiner eigenen Wohnung war, bot ich ihr an sie zu begleiten.

Ich fragte sie nach ihrem Namen, sie hieß Mine, und erzählte, dass mein Name Maria war. Ich wusste nicht, ob sie mich falsch verstanden hatte oder ob das ihre Art war, aber von diesem Moment an nannte sie mich Ria.

Auf dem Weg fragte Mine mich, von wo ich denn gerade käme, und als ich von meinem Kunsthistorik-Studium zu erzählen begann, lag ein schwermütiger Ausdruck in ihrem Gesicht, obwohl ich mir zuvor sicher gewesen war, dass man Schwermut ausschließlich an den Augen erkennen könne.

Sie fragte, wer mein liebster Künstler sei, und als ich mit »van Gogh« antwortete, ohne zu wissen, ob dieser Name für sie mehr war als jeder andere Name, erhellte sich ihr Gesicht. »Ich mag van Gogh«, kam es über ihre Lippen, und als hätte sie mein irritiertes Gesicht gesehen erzählte sie, dass sie gerne in

Kunstausstellungen ging, sich von ihrer Begleitung neben ein Bild stellen ließ, und dann manchmal stundenlang den anderen Ausstellungsbesuchern beim Gespräch zuhörte, bis sie sich sicher war wie das Bild aussah, wie es wirkte, und ob sie es mochte oder nicht. Und van Gogh hatte ihr bisher immer gefallen.

Wir hatten das Haus, in dem sich ihre Wohnung befand, erreicht und ich brachte ihr die Äpfel noch bis in die Küche. Ich wollte mich von der jungen Frau verabschieden und wieder gehen, aber irgendwie hatte sie mit einer ungeheuren Schnelligkeit und Sicherheit bereits ihren Wasserkocher gefüllt und eingeschaltet.

Beim Tee erzählte mir Mine, dass sie eine Ausbildung zur Physiotherapeutin machte, und dass ihre Blindheit ihr einerseits dabei half, weil sie sich so viel mehr auf ihre Hände konzentrieren konnte, und sie andererseits zurückwarf, da sie nie irgendein Bild vom Inneren des menschlichen Körpers sehen konnte, alles an 3D-Modellen lernen musste und Lehrbücher kaum in Braille verfügbar waren, weshalb ihr Freunde alles vorlasen. Wirklich alles.

Die ungewohnte Normalität unseres Gesprächs über Gott und die Welt verunsicherte mich, selten führte ich solche Gespräche. Selten führte ich überhaupt Gespräche.

Ich hatte meinen Tee beinahe ausgetrunken, da fragte Mine ob es für mich in Ordnung wäre, wenn sie bereits damit beginnen würde, die Äpfel zu schälen.

Irritiert vom Gedanken, wie sie wohl blind Äpfel schälen würde, nickte ich, und als hätte sie mich gesehen, stand Mine auf und ging zu einer Schublade. Dort holte sie einen, ich musste lachen, neonpinken, glitzernden und ausgesprochen hässlichen Sparschäler heraus. Sie kicherte. »Ich weiß, ich weiß, er sieht grässlich aus, aber zum Glück muss ich ihn ja nie sehen«, sagte Mine lachend.

Und sie schälte Äpfel. Acht Stück, noch bevor ich meinen Tee ausgetrunken hatte, da ich die meiste Zeit damit verbrachte, Mine mit einer Mischung aus Faszination und Verwunderung anzustarren.

Dann erzählte sie mir, dass sie den Sparschäler mochte, scharfe Messer hingegen nicht so sehr, ob ich ihr daher bitte die Äpfel in Stücke schneiden könnte. So folgte ich ihrer Anweisung wo sich ein Messer, ebenfalls mit pinkem Glitzer-Griff, und ein Schneidebrett befanden und schnitt die Äpfel, mein Blick ruhte immer noch auf Mine, die jetzt mit Hilfe eines kleinen Bechers Mehl, Zucker, Milch und Öl abmaß und in eine Schüssel gab. Wie sie anschließend das Backpulverpäckchen vom Vanillezucker-, Hefe- und Natronpäckchen unterschied, verwunderte mich noch mehr. Sie schüttelte so lange Päckchen, bis sie mit dem Klang eines Päckchens einverstanden war, und kippte dann seinen Inhalt in die Schüssel. Und natürlich, es war das richtige. Nachdem sie noch einen halben Becher Mandeln hinzugefügt hatte, bat mich Mine, den Ofen vorzuheizen, da sie das nur ungenau könne.

Also trat ich neben sie, die gerade beide Hände im Teig stecken hatte, und drehte den Ofen auf. Ich war es nicht gewohnt, bei solchen Tätigkeiten beobachtet zu werden, das bisschen Zeit das ich unter Menschen verbrachte war in der Universität oder beim Einkaufen. Da fiel mir auf, dass Mine mich ja überhaupt nicht beobachten konnte. Und doch wurde ich das Gefühl nicht los, dass sie es trotzdem tat.

Gemeinsam füllten wir den Teig in eine Form. Ich schob den Kuchen in den Ofen, mit der Vermutung, dass nun die Zeit gekommen war zu gehen und draußen wieder das größte Versteckspiel der Welt zu beginnen. Der Versuch im Chaos des Wimmelbilds, das sich auf der Straße bot, unterzugehen.

Mine sah das anscheinend anders. »Wer mit mir backt, der muss auch zum Essen bleiben«. Ich hatte für den Tag nichts anderes mehr geplant, so wie fast immer, und auf irgendeine Art genoss ich Mines Gesellschaft, also blieb ich.

Wir setzten uns aufs Sofa und weil ich sonst nicht viel zu erzählen hatte, erzählte ich von der Michelangelo-Vorlesung am Vormittag. Sie hörte interessiert zu und ließ sich ganz genau schildern, wie die Pietà aussah. Ich beschrieb gerade die lieblichen Gesichtszüge Marias, da hob Mine ihren Kopf, den sie zuvor gesenkt hatte, und drehte ihn so, als würde sie mir in die Augen schauen. Dann senkte sie ihren Kopf wieder. So skurril es klingen mag, so intensiv hatte mich noch nie jemand angeschaut.

»Was hat dich verletzt?«, unterbrach Mine meinen Monolog. Ich brach ab und wusste nicht, was ich sagen sollte. Sogar diese blinde Frau, von der ich gehofft hatte, dass sie der erste Mensch war, der mich nicht als die Summe meiner hässlichen Narben wahrnahm, sogar sie konnte diese sehen.

Mit weniger Scheu und weniger falscher Zurückhaltung als alle anderen Menschen, die es bisher gewagt hatten sich nach meinen Narben zu erkundigen oder direkter, zu fragen wieso ich so hässlich war, fragte Mine.

»Feuer«, gab ich ihr meine Standardantwort, wobei diese Frage höchstens einmal im Monat fiel.

»Feuer? Meinst du das metaphorisch?«, fragte Mine.

Wie kam sie denn darauf? »Echtes Feuer. Nicht metaphorisch. Echtes Feuer. In meinem Haus«, entgegnete ich. In meinem Kinderzimmer, unter meinem Bett, neben meinem Bett, über meinem Bett und als Resultat daraus auch in meinem Bett, fügte ich gedanklich hinzu.

Mine sah sichtlich erschrocken aus, und ich war verwundert. Wieso dachte sie, ich hätte von metaphorischem Feuer gesprochen? Man konnte meinen Narben ansehen, dass sie definitiv durch echtes Feuer entstanden waren. Aber sehen – das konnte Mine ja tatsächlich nicht.

»Welche Verletzung meinst du?«

»Die Verletzung in dir drin, welche meinst du, Ria?«

»Die Verletzung in mir drin?«

»Ja. Deine Stimme, deine Worte, die Art wie du dich unsichtbar machst, sogar vor mir, obwohl ich dich sowieso nicht sehen kann. Die Narben in dir drin. Welche Verletzung meinst du?«

»Die Narben auf meiner Haut.«

»Du hast Narben auf deiner Haut?«

Ich verstand, dass Mine tiefer geschaut hatte, weil sie nicht anders konnte, und obwohl sie damit meine wahrhaftig hässlichen Narben gesehen hatte, wirkte sie nicht angeekelt. Und nicht nur das, sie hatte auch noch gefragt, woher meine Verletzung käme.

Diese Frage hatte ich in meinem Leben einige seltene Male gestellt bekommen und ein einziges Mal beantwortet. Die meisten Leute die gefragt hatten, waren Klassenkameraden gewesen, aber nicht um eine Antwort zu bekommen, sondern um mir weh zu tun.

Einmal habe ich geantwortet, aber nicht meinen Klassenkameraden, sondern der Therapeutin für traumatisierte Kinder, und indirekt auch den beiden Polizisten, die mit im Raum saßen, denn die Ursache des Feuers konnte nie geklärt werden. Sie waren nach meinem langen Krankenhausaufenthalt die ersten Fremden mit denen ich sprach.

Von den Polizisten lernte ich die beiden häufigsten Reaktionen auf mich kennen, die ich von diesem Zeitpunkt an täglich erfahren hatte. Ekel und Mitleid.

Für viele ist das vermutlich nicht verständlich, aber hätte ich die Wahl zwischen beidem gehabt, ich hätte mich für den Ekel entschieden. Denn der war wenigstens echt.

Mine hatte nicht so reagiert. Mine war anders. Mine war blind, aber das war nicht alles.

Und das zweite Mal in meinem Leben, an einem Tag der so normal und grau hätte werden können wie jeder andere, das zweite Mal in meinem Leben begann ich von meinem sechsten Geburtstag zu erzählen.

Es war laut gewesen am Abend zuvor, meine Mutter und mein Vater hatten sich gestritten, das war oft vorgekommen in dieser Zeit und während meine Mama dann schweigend da saß, warf mein Vater mit hassvollen Sätzen und Beleidigungen um sich.

Deshalb hatte ich mich auch so auf meinen Geburtstag gefreut, denn der Geburtstag war schließlich etwas Besonderes, und da gab es keinen Streit.

Wenn am nächsten Tag etwas Aufregendes passierte, hatte ich schon immer die Angewohnheit gehabt, morgens viel zu früh aufzuwachen. So auch am Morgen meines sechsten Geburtstags. Aber ich wachte nicht von selbst auf, sondern vom Geräusch, dass das Öffnen meiner Tür verursachte. Ich stellte mich schlafend, denn es war bei uns Tradition, dass in der Nacht vor dem Geburtstag eine bunte Girlande im Zimmer des Geburtstagskindes aufgehängt wurde, die dieses dann am Morgen fröhlich begrüßen sollte. Ich erinnerte mich noch an das letzte Mal, als mein Vater und ich die Girlande für meine Mutter aufgehängt hatten, im Schlafzimmer meiner Eltern, während meine Mutter schlief. Ich war mit viel Krach vom Stuhl gefallen, aber meine Mutter hatte nicht einmal gezuckt, denn zur Tradition gehörte ebenfalls, dass man sich schlafend stellte, sofern man denn nicht wirklich schlief.

An meinem sechsten Geburtstag war es draußen noch stockdunkel als nun mein Vater ins Zimmer kam. Ich kniff fest meine Augen zusammen und bewegte mich nicht. Die Decke hatte ich über meine Ohren gezogen, weshalb ich nur sehr leise seine Schritte wahrnahm.

Nach ein paar Minuten ging er wieder, und obwohl es sehr dunkel in meinem Kinderzimmer war konnte ich erkennen, dass über der Tür eine lange Girlande hing. Mein müder Kinderkopf war über dieser Feststellung wieder auf mein Kissen gefallen und ich schlief weiter.

Ich träumte von meinem Geburtstagskuchen und wie ich versuchte, die Kerzen auszupusten und auszupusten, aber es klappte nicht. Die Flammen der Kerzen wurden mit jedem Pusten größer und größer und es wurde immer wärmer. Irgendwann wachte ich von der Hitze auf, und sah Flammen am

Türrahmen. Die Girlande, eine Kette ehemals bunter Papierlampions, hing zerteilt und verkohlt an beiden Seiten des Türrahmens. Flammen auf meinem Teppich. Ich war wie gelähmt. Ich dachte kurz daran, vom Bett zum Fenster zu rennen und dort hinauszuklettern, denn ich lebte im ersten Stock. Doch meine Eltern! Vielleicht waren sie vom Brand noch nicht aufgewacht, denn sie schliefen im Stockwerk über mir. Vielleicht war das Feuer noch nicht dort angekommen. Flammen neben meinem Bett. Sie fraßen sich zur Matratze hinauf. Aber dort war auch ich. Ich überlegte nicht mehr und sprang aus meinem Bett, rannte zur Tür, zum Glück war sie nur angelehnt. Ich war barfuß, ich spürte die Schmerzen der Hitze, aber ich war wie betäubt. Ich rannte zur Treppe, und ich hatte Angst. Überall war Rauch. Das Feuer war laut, ich hätte nie erwartet, dass Feuer so laut sein kann. Ich meinte Schreie zu hören. Aus dem Schlafzimmer meiner Eltern. Die Treppe brannte noch nicht, ich lief weiter. Ich musste husten. All der Rauch nahm mir die Sicht. Ich hatte das Zimmer meiner Eltern erreicht, die Tür war auch hier nur angelehnt, so dass ich sie aufstoßen konnte. Was ich sah verstand ich nicht. Aber es machte mir Angst. Alles war voller Rauch, und ich sah wie durch einen Vorhang meine Mutter, die auf dem Bett lag und sich nicht bewegte und meinen Vater, der sie am Oberkörper hielt und schüttelte. Er schrie den Namen meiner Mutter, wieder und wieder. Die Flammen waren noch nicht bei ihnen angekommen, aber sie waren mir gefolgt und erreichten kurz nach mir den Türstock.

»Maria, was tust du hier, geh nach draußen!«, schrie mein Vater hustend. Meine Mutter hustete nicht, sie lag nur blass und regungslos auf dem Bett. Mein Vater flehte mich an, das Haus zu verlassen. Ich konnte nicht. Ich lief zu meinen Eltern, verstand nicht wieso meine Mutter nicht aufwachte. Ich schrie sie an, brüllte »Mama! Mama, wach auf!«. Immer wieder. Sie reagierte nicht. Sie atmete nicht. Mein Vater, der selbst keinen Schritt von meiner Mutter weichen wollte, schrie jetzt mich an: »Maria, du musst hier raus. Geh jetzt. Sofort! Bevor es zu spät ist!«

Aber es war bereits zu spät. Alles hinter mir stand in Flammen. Das Feuer war noch näher gekommen, als wir endlich in der

Ferne eine Feuerwehrsirene hörten. Ängstlich kletterte ich auf den Schoß meines Vaters. Als bereits erste Flammen am Bett leckten, wurde mein Vater plötzlich ganz ruhig.

»Maria, du musst springen! Du musst aus dem Fenster springen. Sei vorsichtig!«

»Und du Papa? Was machst du? Ich lass dich nicht hier!«, ich wurde hysterisch. »Du musst mitkommen Papa, du musst!«, schrie ich.

Die Flammen hatten uns beinahe erreicht. Mein Vater hustete so sehr, dass sein ganzer Körper bebte. Meine Augen brannten. Auch meinem Vater liefen Tränen das Gesicht herab.

Und dann hatten die Flammen uns erreicht. Ich musste zum Fenster, das war meine einzige Chance, aber ich konnte meine Eltern nicht zurücklassen. Ich klammerte mich an meinem Vater fest. So standen wir einige Sekunden, die sich wie Stunden anfühlten, mitten im Flammenmeer bis er schließlich meiner Mutter einen letzten flüchtigen Kuss auf die Stirn gab und mit mir kam. Meine Kleider brannten bereits, und ich wurde von den Schmerzen fast ohnmächtig. Wir rannten durch Rauch und Feuer zum

Fenster, mein Vater hob mich hinauf, und ohne einen Blick zurück sprang ich heraus. Ich flog mehrere Meter tief. Mein Vater sprang mir nach. Ich überlebte. Er nicht.

Mine sagte nichts, aber sie tat etwas. Mine nahm meine Hand und legte sie in ihre. Langsam, ganz langsam strich sie über die Narben an meinem Handrücken.

Frühling

Zwei junge Frauen, etwa im selben Alter, sitzen nebeneinander auf einer bunten Decke im Park. Mitten im Park, umgeben von anderen Leuten. Die eine hat geschlossene Augen und die andere hat Brandnarben am ganzen Körper. Sie essen Apfelkuchen, und sie lachen.

Nachbemerkung

Der Schmetterling hat mit seiner Farben-
pracht und seiner zarten Gestalt seit jeher die
Menschen fasziniert. Bis in die Antike zurück
reichen die literarischen Texte über den Som-
mervogel, Buttervogel oder Falter. In Mär-
chen, Fabeln, Erzählungen und in der Lyrik
hat der Schmetterling seine Spuren hinterlassen. Vor allem die geheimnisvolle Verwand-
lung der aus dem Ei geschlüpften Raupe oder
Larve in die Puppe und von der Puppe in den
Falter verbindet man als erstes mit dem
Schmetterling. Goethe und Heine, Rilke und
Hesse, Jean Paul, Mörike und viele andere
Schriftsteller haben den Schmetterling über
die Jahrhunderte hinweg bedichtet.

Fünf junge Autorinnen haben in dieser
Tradtion – ausgehend von einem Workshop
mit Michael Stavarič im Jahr 2017 am Gymnasium Plochingen – Erzählungen rund um
den Schmetterling verfasst; diese werden hier
zum ersten Mal veröffentlicht.

Alexander Reck

Die Bilder wurden für dieses Buch gemalt
von Asmara Hahn und Annabel Nannt.